現代短歌クラシックス
08

寒気氾濫

渡辺松男

目次

II

III

IV

I

地下に還せり

八月をふつふつと黴毒《ばいどく》のフリードリヒ・ニーチェひげ濃かりけり

筋肉の時代が消えたわけでなくジャッキを上げる弟の腕

トラックを多汗実行型と笑みなみなみと給油なしたる男

おみなには吃る弟がトラックの巨きさとなりきりて飛ばすよ

嬬恋のキャベツを運ぶトラックが光芒のなかを過ぎてゆきたり

土屋文明さえも知らざる大方のひとりなる父鉄工に生く

もはや死語となりておれども税吏への父の口癖「われわれ庶民」

そうだそのように怒りて上げてみよ見てみたかった象の足裏

十月のまぶしきなかへひとすじのああ気持ちよき犀の放尿

重力をあざ笑いつつ大股でツァラトゥストラは深山に消えた

月天心嬬恋村に森ありてふところふかく家々を抱く

ふくろうのごとき月光ほおほおと潤いおびて樹海にそそぐ

月光に眠れざるもの樹にありて風切りの羽つくろいていん

恍惚と樹が目を閉じてゆく月夜樹に目があると誰に告げまし

同性愛三島発光したるのち川のぼりゆく無尽数の稚魚

一本の樹が瞑想を開始して倒さるるまで立ちておりたり

樹の抱く闇黒はかりがたけれど栃の実に日はそそいでおりぬ

冬の日のあたたかにして老木は吾に緘黙を宥してくれる

凍天へ鑿打つごとき杉の幹ひたぶるなるを嗤われて立つ

魔女狩りを支持せしフランシス・ベーコン魔女狩りは今の何に当たるや

シベリアを父のいうとき樹は凍てて根は意志以下のすさまじき爪

寒雲をひとつ浮かべてしずまれる空そのものの無言　父の背

内面をことさら探るまでもなき父と子なりて注ぎあわず飲む

槻の樹皮鱗片状に剝がれいて光陰は子に父にあまねし

約束のことごとく葉を落とし終え樹は重心を地下に還せり

わが死後も膨らみてゆく樹の瘤を冬の日射しが暖めている

冬銀河げに冴えざえと風のあと敗者勝者はどこにもあらぬ

吹きつくる風のかたちとなりはてし岳樺《だけかんば》なお生きて風受く

榛の木に花咲き春はきたるらし木に向かい吾《あ》はすこしく吃る

水楢の裂けたる幹に手を当てて芽吹きの遅きことを愛せり

橋として

生きて尾を塗中《とちゆう》に曳きてゆくものへちちよちちよと地雨ふるなり

秋の雲うっすらと浮き〈沈黙〉の縁《へり》に牡牛《おうし》は立ちつづけたり

橋として身をなげだしているものへ秋分の日の雲の影過ぐ

背を丸め茂吉いずこを行くならん乳房雲《にゅうぼううん》はくろぐろとくる

葱浄土広大にして先を行く幻へ骨をもちて追いかく

戦前ははじまりているという父の夕映えは立ちしままなる駱駝

神でさえ弛んでおればぶよぶよのつぶしてみたき満月のぼる

影として霞ヶ関の上空を月のねずみは過ぎてゆきたり

組織へとひっそりと沈みはじめしがぬらぬらとやがて見えなくなりぬ

表層を皮剝けばまた表層の表層だけのキャベツが重い

出口なきおもいというは空間が葱の匂いとともに閉じらる

瞑目のうちに歴史は忘れらるみどりのかげのDAIBUTSUの像

測深鉛深空へ垂らしつづけつつ屋上にわれは眠くなりたり

まならに日照雨《そばえ》降らせておりたれど核廃棄物輸送船過ぐ

キャベツのなかはどこへ行きてもキャベツにて人生のようにくらくらとする

土という滅びる巨人ほろびつつ樹根まるごと抱きて眠る

児がじっと見ている沼の奥みれば真っ黒き木の沈みてゆけり

鮑焦《ほうしょう》は木に抱きつきて死にけるをさやさやと葉は黄にかわりゆく

渾沌のわれなりしかど石膏の顔ひややけきかたわらに居つ

ひっそりと蝦蟇ひきかえす断念を見届けてのち口をつぐめり

八月十五日うつそみ

トイレットペーパー白く垂れ下がり閻浮《えんぶ》に謎のなきような朝

ふりむけば死者恒河沙《ごうがしゃ》の目のひかりうつそみは静止しておれぬなり

耳鳴りを空気の音とおもうときうつそみはああ穴だらけなり

乳白色の湯船に首を浮かばせて首はただよいゆくにもあらず

木のうちへうちへとそそぐ月の光《かげ》　木の内界も穢土にやあらん

パーフェクト・エッグ

つくづくとメタフィジカルな寒卵閻《えん》浮《ぶ》提《だい》容れ卓上に澄む

からーん

広辞苑開かれずある幾週を「摩耶《まや》」も「浄飯王《じょうぼんのう》」も生き埋め

床上に一切衆生《いっさいしゅじょう》を運びてはエスカレーター床下に消ゆ

のこぎりもさかなの骨も風のなか捨てられにゆくものはひびけり

白き兵さえぎるもののなき視野のひかりの向こうがわへ行くなり

敗走の途中のわれは濡れてゆくヤンバルクイナの脚をおもいぬ

電車から黒く見られているならんかがやく雪の野を行くわれは

白光にめつむりている白き猫ほあほあと死はふくらみてくる

閉じられし屈葬の甕のなかに覚め叫ぶときエゴン・シーレなるなり

ネクロポリスは月のかたちの石に満ち人寿三万歳のわれは行く

廃坑のごとくに耳の穴はある老祖父はただ笑むばかりなり

見付けたきもの見付からぬ倉庫にて物言わぬ荷に視姦されいき

銀ねずの鱗をはがしあうごとくビルのうちにいてぶつかりあえり

彫像の国定忠治の首を立てたいらなる地は霧這いてくる

父は酔いて帰りてゆけり寒々と罅われし樹のごとき銀河よ

空間へ踏みいりて出られなくなりし一世《ひとよ》にてあらん　紙を切る音

松の葉のふるえこまかき昼さがり手を洗わざる不安にいたり

ドッペルゲンガー花木祭に光《かげ》を曳き知らざれば笑みてすれちがいたり

「いかなくちゃいかなくては」と歌う声虹消ゆるごとく行ききりうるや

空からきて空へ消えゆくもののかげ埴輪曇らせ過ぎてゆきたり

湯を溢れさせいるはかの妣《はは》ならんバスクリンの湯溢れつづける

いずこにも妣あらざれど古墳の木日々落葉して古墳をおおう

あなたとのあいだに菊の黄をおきて沈黙の間は黄を見ていたり

アリョーシャよ　黙って突っ立っていると万の戦ぎの樹に劣るのだ

直立の腰から下を地のなかに永久《とわ》に湿らせ樹と育つなり

月の下をながるるなかにわれもあり濁れる水を秘めてゆくなり

ひとを待つあいだは紅葉見あげては皮裏《ひり》のくれない濃くしてゆけり

赤ん坊花びらのような声を呑みはじめての重き月を見にけり

『精神現象学』

革靴でバスを降りれば水っぽき低地なり「みなとみらい21」地区

八方から意《い》馬《ば》心《しん》猿《えん》のごときもの圧力はビルを高く高くす

超高層のカーテンウォールのとの曇り求愛飛翔の鳥を見ぬなり

高さ二百七十三メートルに働くおみなあり新竹のごときしなやかな脛

『精神現象学』的巨大ビルを染め真鍮色の日は落ちてゆく

「みなとみらい」のこんな街路灯の一本がかのダム底の家より明し

むかし疎外ということばあり今もあるような感じに吹けるビル風

*

赤城山から双眼鏡に見ゆるもの霜の柱の新宿のビル

捨てられし自動車が野に錆びていて地球時間に浸りていたり

愁嘆声

引き抜けば天に草根ひかりたり登校拒否児笑みしならずや

神学に痩せゆきしひと羨しけれわれらしきりに葱抜きている

無といわず無無ともいわず黒き樹よ樹内にゾシマ長老ぞ病む

三十五万回「狂」という字を思いみよ入院者三十五万人の「狂」

しんぶんに軍というものめだつなり愁嘆声《しゅうたんしょう》はなに色なるや

背中のみ見せて先行く人がありて容赦なくわれはその背中見る

鴉A影をおおきく羽ばたけり冬のたんぼに涙はいらぬ

上州は黄のからっ風父の耳母の耳砂塵のなかにあらわる

上州はひねもす風の荒れしあと沈黙にあり寒の夕焼け

ひとり夜にうずくまるとき闇よりも真っ黒なもの　犀のにおいす

公園のじゃまもののもなく伸び果てしぶざまなる木を見て帰るなり

寒気氾濫

みはるかす大気にひかる雨燕にわたくしの悲は死ぬとおもえず

重力の自滅をねがう日もありて山塊はわが濁りのかたち

火口原わが耳となるすずしさよ夏の夜深く落石つづく

まばたけば深まりてゆく静寂の花敷《はなしき》部落月あかり冴ゆ

光の円うつろいてゆく枯野原小綬鶏《こじゅけい》飛びもせず逃げてゆく

芒万波落日に揺れ狩猟鳥非狩猟鳥混じれるひかり

ときに樹は凄まじきかなおうおうと火を吐くごとく紅葉を飛ばす

冷凍庫から剝製に出す大鷹の死にて久しき血はしたたらず

臓も腑も捨てられしなり白鳥の剝製抱けば風花のなか

館外の森に雪降り剝製の大木葉木菟《おおこのはずく》義眼をひらく

雪の樹を仰ぎおるとき口あけてみだらなりわが真っ赤な舌は

シベリアより寒気氾濫しつつきて石の羅漢の目を閉じさせぬ

吾が踏みし危うさに谷へ落ちてゆく石が一瞬はばたける音

寒気団ヒマラヤ杉の上にあり同士討ちなり緘黙者とは

直立で泣き叫びいし翌朝の杉は一層まっすぐに立つ

II

ろっ骨状雲

まがことをもたらすために父は来る　ろっ骨状雲ひろがるゆうべ

もんもんと蚖蛇蝮蠍《がんじゃふっかつ》いでてこよおおきなる父の素足は来たり

くれないのコレストロールも欲も濃き父の大声われをはじけり

夕焼けの赤を映せるプール出でなまもの父は濡れておるなり

平原にぽつんぽつんとあることの泣きたいような男の乳首

乱髪を父に見るとき父もまたわけのわからぬ闇のかたまり

ジェット気流に透かされている天つ空　恐竜はかくさみしかりしか

宙宇のきのこ

この木ときどきたいくつそうにうつむきてぬるぬるの根を地中から出す

一のわれ欲情しつつ山を行く百のわれ千のわれを従え

ヒマラヤ杉月光環をつらぬけり真夜に見る樹は黒のどくどく

樹の腸は高さ三十メートルへ達して月の春夜　直立

うむっうむっと孟宗竹の子が伸びる鬱から皮のむけてゆくなり

桜　かぞえきれない毛虫すまわせてあるとき幹をぴくぴくとする

根が地下で無数の口をあけているせつなさよ明けてさやぐさみどり

宇宙から収縮をしてきしもののかがやくかたさ鬼胡桃なり

森のなかの空へ拓かれし場所に出でなにもかも言えそうでおそろし

神は在りてもなくても秋の大けやき宙宇に赤ききのこを張れり

地に立てる吹き出物なりにんげんはヒメベニテングタケのむくむく

ダンコウバイの黄葉の表裏陽のなかにサルトルも遠き過去となりたり

紅葉を振り放てずに苦しめる樹に馬乗りになってやりたり

存在をむきだしにせよ冬の山に烏山椒の棘《とげ》甲走る

夢解き師

多磨霊園に夕かげながれ骨という骨がさかなのごとく跳びだす

会葬に生者のみ集いくるふしぎ空に級木《しなのき》の葉がひるがえる

沈黙のおんなに凭れかかられてみるみる石化してゆく樹幹

桐の花咲きしずもれるしたに来てどうすればわれは宙に浮くのか

首をもぎとらるるごとき突風にもうれつに椎の老樹が匂う

われの目をふかぶかと覗きこみてきし夢解き師の目潤みていたり

全身がねずみのように雨に濡れもうれつに隠れたき昼下り

木を噛みてわれ遁走すおもむろに木は薄き目を開けて見ていん

抽出しのなかに隠れているわれを大声で呼ぶ満月ありき

身はじょじょに眠りにむかい重くなり犀となりしとき水月浮かぶ

亀鳴くと君は目を閉ずうつうつととじこめられているものは鳴け

地獄へのちから天国へのちから釣りあう橋を牛とあゆめり
欠陥とみなされているわが黙も夕べは河豚のようにすずしい
はるかなるあたたかき闇夢見ればうぼんうぼんと海亀が鳴く

音符

月読に途方もなき距離照らされて確かめにいくガスの元栓

手と足と首がてんでんばらばらにうごきはじめて薄明に覚む

黒き手帳日にいくたびも開かれて別のわたしが出這入りをする

首絞めていしネクタイを夜にほどくとき空間は湯気立ちはじめたり

平面はぐにゃぐにゃとなることもなきわがQUARTZの秒針の影

寒林のなかに日当たるところあり抜けやすきわが魂はよろこぶ

白き気配廊下よこぎりゆく見えてするすると喪はあけてゆくなり

北風にビニールハウス捲れたり嗅ぎたきほどの濃みどりの見ゆ

木枯しにからからと音符とびまわる簡易便所のなかの空間

一生を賭けて紅葉が飛びてゆく廃棄物処理場の秋天

価格破壊激しき街へ迷い込みフライパンひとつぶら下げていつ

鉄亜鈴

鉄亜鈴あたまのなかの鉄亜鈴まったきままに旻天《びんてん》に浮く

非常口

裁判所のできあがりゆく床下にとじこめるべき闇がきている
笑いあいなどしておりたれど噤むとき口のなかには闇がいっぱい

闇は隅から来るものなりて校庭の鉄棒も子も見えなくなりぬ

底のなきやわらかさ恋い朧夜のあかき空気に濡れてあゆめり

六月の水たっぷりの樹影濃しひとりのおみなみごもりていん

ポリ容器浮かべていたり行く川は清濁併せ呑みつつ滅ぶ

自殺してしまいし友は鷲っ鼻ビール飲む目のやさしかりにし

夕闇に真闇ひたひた寄せてきて孤独というは橋杙に似る

白骨樹四五本があり月の夜の月のもたらす閻浮の暗さ

ひとつ死のあるたび遠き一本の雪原の樹にあつまるひかり

非常口からわれ逃げしときまぶしさのなかにかがやくまぶしさのあり

眉間

土がにおい汗ぼうぼうの扇状地　農に瘦せいし祖父の鳩尾《みずおち》

作業着のままだしぬけに「宇宙図をみせろ」といって弟がくる

ナチ・ヌード陰毛濃きを白日の野に立たせ種の保存のロマン

北斎はエイズを知らず絡みあい渦巻き男波女波怒濤す

きっとどこかへ通ずる謎の非常口メレット・オッペンハイムのお臍

われの手がソープレスソープにまみるるを積乱雲は湧きやまぬなり

赤尾敏と東郷健の政見を聞き漏らさざりし古書店主逝く

石の上の蜂いっぴきの死へそそぐ四十五億歳の白光

茄子紺のひきしまりたる一念を眉間にしゅうちゅうしてみんとせり

生産を見にいかんかなふんぜんと真夜のセメント工場の白煙

深谷葱の数万本の首に吹き風は平野をかがやかしたり

単独者

単独者とはいかなる毒か帽深く被れる者はふりむかぬなり

油絵のじっと動かぬ大楡は樹冠に空が張りついている

深帽のキェルケゴールのまならうらに樹は枯れしまま空恋いつづく

俺はいわゆる木ではないぞと言い張れる一本があり森がざわめく

木の幹と幹とが軋みあう音の好きとか嫌いとかではないぞ

人間の裸形をおもい冬樹をおもいプロメテウス以前をおもう

生きている身熱ならん風の日を栃の冬芽がねばねば光る

樹は内に一千年後の樹を感じくすぐったくてならない春ぞ

光る骨格

一心は虚空にありて雲雀とは囀りよりもしげき羽たたき

万緑に抜きいでてたつ岩に立ち狗鷲《いぬわし》か風に晒されて濃し

暴風雨に錯乱をする竹の叢　一遍らかく踊りしならん

見上ぐれば風を巻き込み俺様は貪欲なるぞと椨《たぶ》の木がいう

風にやられて万の葉裏を晒せるにだれもレイプと言ってはくれぬ

星雲が幾億の星孕みつつ哭いていないとどうして言える

仁王像秋のひかりをはじきたり骨格はもつ太き空間

存在ということおもう冬真昼木と釣りあえる位置まで下がる

地が霜にひきしまるとき沈黙を地下から幹へ押し上げてくる

死のごとき岩を摑める根の張りを見つづけていて摑まれてくる

切株は面《つら》さむざむと冬の日に晒しているよ　動いたら負けだ

息止めていよいよ冬の木となれば頭上はるかに風花が舞う

冬の杜仲《とちゅう》は何耐えている太陽光ぐんぐん冷えて梢にとどく

沈黙を守らんとする冬の木のなかにひともと紅梅ひらく

非想非非想

土屋文明をわれは思えり幹黒き樹は空間に融けゆかぬなり

ワーグナー的胸騒ぎせりおうおうと真黒くうねる森が火を呼ぶ

無際なる体内の靄吐き出だす赭《あか》きジャン＝ポール・サルトルの口

秋津島にゴータマ・ブッダなけれども非想非非想鳥雲に入る

ひんがしへひんがしへ犬《いぬ》の陰嚢《ふぐり》咲きひんがしへ行く良寛の足

鷹の目の朔太郎行く利根川の彼岸の桜此岸の桜

新樹みなキュルケゴールにほほえめばキュルケゴールはレギーネを恋う

シャガールの馬浮く界の暖色へほんわりと浮遊はじめるからだ

Ⅲ

陰陽石

汗ばむということ秘密めきていて春霞する谷《やと》を行くなり

汗かけば別のまぶしき宇宙見え陰陽石が突っ立っている

恋人の御腹《おなか》の上にいるような春やわらかき野のどまんなか

星微光いまだ届かぬものもあり待ちきれざればわれら抱きあう

重力は曲線となりゆうらりと君の乳房をつたわりゆけり

けやき巨樹はずかしげなき図体の全裸は春の朝焼けのなか

どこへでも行きたいけれど君といて座っていればうれしき臀部

水道管を水はひたすら走りきて君の素足へほとばしりたり

山よ笑え　若葉に眩む朝礼のおのこらにみな睾丸が垂る

柿若葉われのつく嘘みずみずと君のつく嘘なおみずみずと

白雲木の花咲く下のベンチにて君はこころを濃くして待てよ

ささやきのごとくに若葉揺れあいて樹々の秘密はあかるかりけり

赤城山の天辺に立ち呼吸深し関東平野を吸い込みては吐く

初夏のわれは野に立つ杭となり君の帽子の飛びくるを受く

朝早き地震に根元揺さぶられ爽快となる五月の壮樹

自転車を五月の街へ漕ぎ出だし回転をする君の白脛

夏の日の黄揚羽・電話そして君　突然に来て簡単に去る

空いっぱいに透明大河流れおり欅若葉は藻のごとく揺れ

ひとひらの鳥冥けれど日のきよら風のきよらに乗りて川越ゆ

たえまなきみずのながれにみずぐるま未来回転して過去となる

爽快は靴音にあり階段を降りるとき君と並びて降りる

水平線一本あれば慄然と線の向こうに日は落ちてゆく

砂袋に砂満たされてあるときのエロスのような重さ持ち上ぐ

靴下を脱ぐありふれた所作ながらありありと君の足裏あらわる

虫時雨どこへ行けどもゆるやかに起伏しながら女体はつづく

君が覚め君の見ている窓が覚め電柱が覚め秋の日が澄む

数知れぬ精霊蜻蛉浮かばせて秋空もまた地球と回る

まぼろしに天壌響くことがあり花野をジャンヌ・ダルクのジャンプ

はずかしさのまんなか

見て見てと少女がひかる指を差す秋日の中のお馬のPenis

歩かなくなりし手のひら日に透かす　日に透かされし恒河沙の手

おおきなる幻日を背にうつくしき舞踏病なりこの枯れすすき

少女の胸真っ平らなり蘆の芽のむすうに尖るすぐろ野に立ち

芹青きながれに指を差し入れてわがとこおとめ登校をせず

輪郭の固き少女の触るるほど近づきてきて輪郭を消す

土手に寝て目を覚ましたるさみしさは土筆林立していたりけり

はずかしさのまんなかにある耳の穴卯月はつかな風にふるえる

全力蛇行

岩宿の地層断面に春日射し土やわらかく土にかさなる

地の中に虚空があるという神話地の中へ樹は伸びてゆくなり

蒼空を念じておればわが抱けるキャベツから蝶がつぎつぎに湧く

逃げてゆく子蛇を追えばしゅるしゅると子蛇は全力蛇行で逃げる

ポスト・モダーンの鳥が糞をしたまいぬ思いもよらぬ大きなる糞

独酌にわが酔うころやぽつねんと富士山は口開けておるらん

法師蟬づくづくと気が遠くなり　いやだわ　天の深みへ落ちる

大洋にはてなきこともアンニュイで抹香鯨射精せよ

臍に底のあることなんとなくおかし夕光のさすわが臍の底

声を張り上げるものこそ中心ぞ日輪へ鳴く葦切の口

われらふぐりが膨らんでゆき綿雲のああふんわりと浮くあきの空

立ったまま枯れているなんてわりあいにぼんやりとしているんだな木は

堂内のうすらあかりに伏し目なる観音菩薩は男とぞいう

バランスシート

商工会会長渡辺巳作氏が巨大茶碗で茶を飲む朝

釜山の火口を覗ききたる目はバランスシートを読み取れぬなり

フライス盤に西日当たりてしずかなり無人の時間よどむ日曜

ＣＮＣ旋盤見る見る鉄削る　削られてゆく未来オモエリ

鉄を打ち抜くは鉄なり工場にプレスもっとも孤独な機械

設備投資の算段をして秋の暮小規模工場に情報遅し

黒というふしぎないろのかがよいに税理士も黒きクルマで来たる

トラックの助手席から降りてきし女タオルとともに『フーコー』を持つ

ポケットベル

テーブルのテーブルかけを外しつつ内閣のまた支持率下がる

蛍光灯多すぎるほど灯しいて謀反をゆるすことなき庁舎

誤りを容易に認めなくなりし君も組織の一部を背負う

一人のトリックスターさえもなき職場に冷えて例規集読む

女子職員同士のながきいさかいもひとりの臨職泣かせて終わる

常に他人と一緒のようで休まらぬポケットベルがわが腰にある

ポケットベルに拘束さるるわれの目に鬱々として巨大春月

残業の灯を浴びながらそここに髪毛りおる夕鶴あわれ

精神は肉体よりもごつごつと函館の夜を市電にゆらる

はるばると書類は軽く身は重く霞ヶ関へ叱られに行く

新幹線にお百姓さんがまどろみて手のあるところ日が射している

職を全うできざるはわれのみならずトイレに入りて出てこぬ上司

残業を終えるやいなや逃亡の火のごとく去るクルマの尾灯

酔い痴れてわれらスナック去りしあとタガログ語にて罵倒されいん

酔えば吾が還りたくなる古典主義「ヴァルパンソンの浴女」の背中

死と政治のみがおそろし休日の日向に小椋佳など聴けど

家族ああ昨日とまったく同位置にポットはありて押せば湯がでる

垂直の金

秋桜の逆光の路へ行くひとよまぶしき路はにんげんを消す

わが首のにおいをさせて五十本ネクタイが闇につるされている

顎下腺胡桃のごとく腫れたるをおみなの医師の手に晒すなり

こちら向きにおみなの祈る絵を見れば祈るおみなの背後は怒濤

幽霊を真上から見てみたきなりぞくぞくと闇を泳ぐ幽霊

髄膜炎四十一度でわが見しは重油うずまくごとくなりけり

点滴の間に浮かびたる銀漢の遠くに杉は凍裂をしぬ

わずかなる隙間が壁と本棚のあいだにありてうつしよ寒し

いたずらにからだを張りてしまいたる石榴が口をあけて実れり

親戚の皆集まりて撮りしときフラッシュひとつ死を呼ぶごとし

銀杏　病気をしたことのないふりをして人仰がせる垂直の金

虚空のズボン

光化学スモッグのなかに静寂のひとときありて君がほほえむ

日に干せばきのうの婬もいつわりも染みひとつなき白のワイシャツ

ワープロに太虚という字たたきこみわれには捨つるものばかりなり

股に物干し竿をさされて永遠やわれのズボンが虚空に踊る

乾燥機キコキコと鳴りおおきなるわれのパンツは回りているも

新しき鉛筆に換え書くときに性善説はつかあかるむ

あいまいな部分は風にとびてゆく疾歩にて君はひかる目となる

断面というもの宙にきらめかせ少女は竹刀振りおろしたり

IV

明快なる樹々

天上に白もくれんの花ゆれてわが目わが日々白くもらす

一ミリに満たざる髭も朝ごとに剃りて制度の内側の顔

誰よりも俯きてあれわが日々よ俯かざれば時代が見えぬ

木から木へ叫びちらして飛ぶ鵯が狂いきれずにわが内に棲む

ぶつけあうこころとこころ痛すぎて樹々のみどりへ眼そらせり

世紀末地球の肌に芹・野蒜・土筆を摘みてやるせなかりし

一本のけやきを根から梢まであおぎて足る日あおぎもせぬ日

樹のもとに感情もまたみどりにてふかまなざしの君を恋いおり

目瞑ればわたしも樹々になれそうな涼しき夜を啼く青葉木菟

沈黙がぬくみと感じられるまで一対一の欅と私

レタスの葉こころの襞を一葉ずつ洗いて盛りて君とのランチ

ほんとうは迷えもしない人生をひととき巨大迷路に遊ぶ

きょうの鬱あしたの鬱の間を飾り頭上に開きつづける花火

寝てあれば虫の声だけのまっくらな闇の浮力を背中に感ず

登るほど空青くなる八月の何かを決意したき山道

バス揺れるたびにあなたの肩が触れ信濃は雷雨直後の青空

ああ秋は汝れとまむかい食べてみる巨峰の一粒ずつの完熟

絹雲の高さが自由のごとく見え世界史にアレキサンダーを追う

明快な樹と君はいう冬の日に欅のもとを行くあかるさよ

槻に葉の一切は散り一切の枝がいよいよ冬空にある

断言をなしえし後のごとく見え冬陽に浄し欅の幹は

湯気あげて日に乾きゆく杉の幹百本千本なべて直立

星は冬孤独の位置にそれぞれが張りつめていることの清潔

二度となき時間の見ゆる霜の朝セスナ機銀に光りつつ飛ぶ

生き方の違いに寒き風が吹きバスを待つ間の友の背わが背

群れざるを矜持のごとく帰る道ヘッドライトに晒さるる道

それぞれにそれぞれの空のあるごとく紺の高みにしずまれる凧

逆光の湖につぎつぎ白鳥の降りたちてきてひかりにかわる

日のなかにまどろみていし白鳥が羽ばたくときに日をはじきたり

あこがれのはやぶさを見しばかりにて鐘なるごとき冬空の紺

春さむき大空へ太き根のごとく公孫樹の一枝一枝のちから

樹々の根のあらわな崖に音たてて春の疾風がぶつかりつづく

行く雲の高さへ欅芽吹かんと一所不動の地力をしぼる

樹のどんなおもいが春を呼ぶのかとけやきの幹に耳押しあてる

全身で春を悦ぶ樹のもとをただ通りゆく人間の顔

野の芹をともに摘みつつ何処にでもいそうでいない君とおもいぬ

君といるときには山毛欅《ぶな》の原林に雨ふるような安堵もありぬ

大きなる芽をりんりんと鬼胡桃空へおのれの転機光らす

半眼

春一番に揉まれ揉まれてきらめけり樹々には素肌あるものなれば

口中に咽飴まろくとけてゆきわがうつそみはうつそみを恋う

白木蓮《はくれん》の花咲くしたで待つこころ行き違いさえみずみずとして

再会の山毛欅の樹幹を抱くときその悦びのぐぐぐぐと春

槻・榎・椋の順序で芽吹けりと他愛なきこと吾はひとに告ぐ

ぶな若葉風のきみどりさんさんとふいに誰かを抱きたき日照雨《そばえ》

君の乳房やや小さきの弾むときかなたで麦の刈り取り進む

椎の木の匂える影に踏み入りて木の内側に一歩近づく

触れんばかりの碧空があり今日こそは樹冠が何かしそうな気配

君に電話をしようかどうかためらうに夕日は落ちるとき加速せり

星のふる冷たき夜ゆえ冷たさを触れあいている籠の林檎は

泣きくずれそうなる幹をやわらかく樹皮は包みて立たせておれり

ちぢまりえぬ距離など思いあいながら半眼となる夕暮れの樹々

悲しみは深すぎるときしずかにて風なかの樹の揺れぬ一本

冬桜

川向こうへ銀杏しきりに散りぬれどむこうがわとはいかなる時間

空中はひかりなるかや一葉の樹から離れて地までの間

ひとひとりわれには常に欠けていて日向《ひなた》行くときふと思い出す

永遠に会いえざること　冬の日はなかば寂しくなかば浄たり

冬の日を脇道に入りどこよりも日にあたたかき塀に沿い行く

死ののちのわが思わねばなき時間　冬桜咲く日向を歩む

ひとひとりおもえば見ゆる冬木立ひかりは幹に枝に纏わる

バスの来るまでを笑みいしあなたなりき最後の声を思い出せない

寒々とあるばかりなる此岸にて下仁田葱をひもすがら抜く

絶叫をだれにも聞いてもらえずにビールの瓶の中にいる男

散りゆかぬ柏の枯葉風に鳴り檻褸を離さぬ冬木ぞあわれ

久方の空澄みわたりゆえもなく元旦の日をおびえていたり

等間隔に植えられているしずけさよ街路樹枝を差し交わすなし

冬の樹の梢にありき雲水にあこがれし日の少年われは

山毛欅の肌われより凛くこの冬をときに光りて越えつつあらん

永劫のごとく澄みたる冬の日の蜆蝶は手に掬えそうなり

木の向こう側へ側へと影を曳き去りゆくものを若さと呼ばん

睫はうごく

あじさいの藍濃きこれの世に覚めて足裏ひそと湿りていたり

六月のもの思《も》うも憂き雨の日は胸のあたりに古墳が眠る

おおきなる樹はおおきなる死を孕みいてどくどくと葉を繁らせてゆく

ひとの嬬を吾はおもうなり六月の樹をよぎるとき魚のにおいせり

おそろしきひたすらということがあり樹は黒髪を地中に伸ばす

黒髪にあっとうさるるわれの上にわらわらと解きはなたれにけり
撓うときあらわなるきみのむねのほね吾《あ》はやわらかに鳴らしてみたし
ふわっとなる一瞬がありつぎつぎと緋の梢から離れゆくなり

耳ぞこに紅葉のごとくひろがりぬうらわかき日のははの呼ぶ声

細き君おともなく来てありつるを鮠《はや》のごとしとおもう夕映え

われを絶《あか》くしてしまいたるほほえみにそっと体重へらされてゆく

秘といふをきびしきなりとつくよみのひかりよりきよく訪いきしものよ

やまざくら抱くさっかくにおちいりて大空のごとく瞑りていたり

香水のどこからとなく匂いきて遠花火ひらくごとくおもいぬ

ゆうぐれはいっぽんの樹へ向くこころ樹というは霧のなかなる耳

あゆみくる君をひかりはあばくなよ夏帽深くまなじりはある

はろばろと雪渓は見えまぶしすぎるひかりのなかに睫はうごく

音楽に満つる銀河と君はいうここにコーヒーカップがふたつ

秋晴れのつづく天気図君と見て嘴つつきあうごとき快

コスモスのきいろき花粉風にとび突然にくる君の発熱

地球から遠ざかりゆく月の面君のおでこのようにかがやく

赤崩《く》えにまひるのひびく光さし山の顫《ふる》えはひそかになさる

みずからのひかりのなかにわく涙きみのそとへそとへあふれだす

花蕎麦のしずもれる日よ天体の外側へ消えゆきしはたれか

真空へそよろそよろと切られたるひかりの髪は落ちてゆくなり

やわらかき座布団に尾骨沈めつつちちとちちの子われとまむかう

抜けし歯のごとく炎天に投げ出されわがうつそみは歩きだしたり

耳たぶのうしろのがわを冷やしくるひかりありけり橋わたるとき

十月のひかるまひるま火というをみつめれておれば火は走りだす

どの窓もどの窓も紅葉であるときに赤子のわれは抱かれていたり

あとがき

一九九七年に本阿弥書店から刊行した拙書『寒気氾濫』が、この度書肆侃侃房から新装版で復刊されることになりました。書肆侃侃房の田島安江さま、ありがとうございます。好いことはあるのだなあと思いました。改めて初心に帰ろうと思いました。

山歩きが大好きなわたしでした。尾瀬とか浅間連峰とか毎年何回も行っていました。鳥を見たり、木を見たり、高山植物を見たり、わくわくでした。しかし進行性の病のためにからだが不自由となり、それもできなくなりました。

いまは屋内で過ごす日々ですが、ときに機会を得て外に出ますと、空の存在感にびっくりします。圧倒されます。隙間がない。切れ目がない。わたしとの間に距離もない。空の厚み、そのボリュームがのしかかってきます。どこまでも透明、そう思っていた空でさえ、存在感に満たされています。空にかぎりません。あたりまえと思っていた光景のひとつひとつに独特の存在感と味わいがあります。以前はめずらしい鳥を追いかけていましたが、いまは雀が友だちです。

病によって多くのことを失いました。けれど得たこともあります。医療や介護の人たちとの新しい人間関係もできました。この人たちは仕事でわたしのところへ来ているのですが、ときおりどうしても仕事だけで来ているとは思えないときがあります。そのときわたしは〈にんげん〉を感じます。わたしが以前思っていたよりも人は優しいということ、そしてわたしが以前思っていたよりも世界は深いということ、そういうことを感じている昨今です。

できりかぎり歌を作り続けようと思っています。

イイウタヲツクリタイナア。

渡辺松男

二〇二一年夏

本書は『寒気氾濫』（一九九七年、本阿弥書店刊）を新装版として刊行するものです。

著者略歴

渡辺松男（わたなべ・まつお）

一九五五年五月、群馬県伊勢崎市生まれ。前橋高校を経て東京大学文学部卒。

歌集に『寒気氾濫』『泡宇宙の蛙』『歩く仏像』『けやき少年』『〈空き部屋〉』『自転車の籠の豚』『蝶』『きなげつの魚』『雨（ふ）る』。句集に『隕石』。

現代歌人協会賞、ながらみ現代短歌賞、寺山修司短歌賞、迢空賞を受賞。「歌林の会」会員。

現代短歌クラシックス08

歌集　寒気氾濫

二〇二一年九月二十一日　第一刷発行

著　者——渡辺松男
発行者——田島安江
発行所——株式会社 書肆侃侃房（しょしかんかんぼう）
〒810-0041
福岡市中央区大名2-8-18-501
TEL 092-735-2802
FAX 092-735-2792
http://www.kankanbou.com　info@kankanbou.com

ブックデザイン——加藤賢策（LABORATORIES）
編　集——田島安江
DTP——黒木留実
印刷・製本——亜細亜印刷株式会社

ISBN978-4-86385-482-6 C0092